110v 60w

Arisa Yoshimura

文芸社

110vと言葉と

110vの電球は100vの電球よりも
切れにくい。永く光り続ける、そんな
光になりたい。歳をとっても、私らしさを
ずっと持っていたいし、私の言葉も
大事にしたい。これから永い人生に
光は必要だと思うし。
生きていくのには出会いも大切。
今回、本を買ってくれた方に
感謝 !!

吉村有沙
Arisa
Yoshimura

110v 60w
Arisa Yoshimura

5月の空

心は夕方の雲のよう
貴方を求める大きな右手になって
私の頭上に空はなくて
あるのは　この目に見えるマンション
貴方が私を呼んでも
貴方が私を見つめても
私の頭上には愛すらなくて
ただ呆然として
でも涙は流れて
なんか　この感じが嫌で仕方なかった
言葉のない口づけと
手の温もりも　あの舌も
心は夕方の右手で
貴方の記憶を雲が消す
私の頭上には何もない

太陽

太陽はいつも私にまぶしくて
すぐ目を閉じてしまう
それは
大好きな人の前であったり
大好きな物の前であったり
すぐ目を閉じてしまう
だから
もう　まっくらになってしまう
黒くて　だれがだれだか　私だか
でも目を開けると
もう全部なくなってる
たぶん

言葉

口よりも下よりも
私の手は素早く落ちて
小さい声は何かに似てる
私は今に生きている
いや
生かされている
青い空
口は永い永い言葉と
嘘は永い永い言葉を
私が一番に食べないよう
貴方が初めに食べないよう
唇から私からまっすぐ
落ちていく夕べに

口から空気で　言葉から涙で　昨日の空に
黒く暖かい　互いの言葉の中で　崩れて夢に揺れて
ああ　鯉のように泳げたら　何も考えないのに
なによりも　その場で笑える人生なんて
空に飛ぶより　むずかしいから

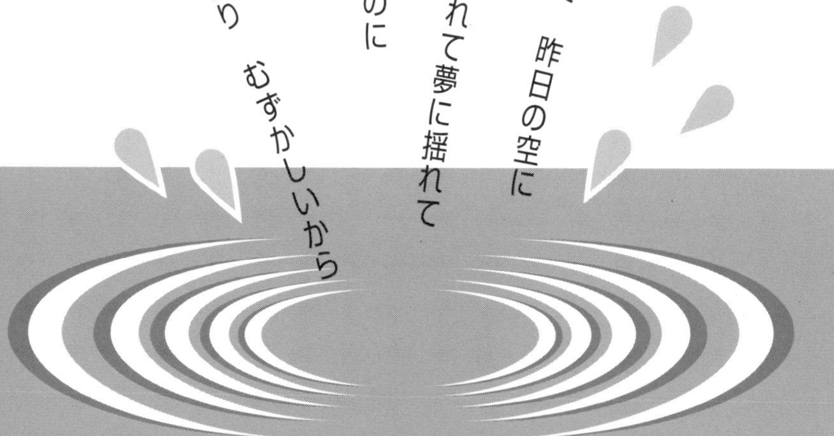

春で　空で　そうココに私
回転　回転
春で　空で　今ココにある
愛情　性欲　欲望　貴方
40km/hで走り続けて
涙の中にまた涙　夜はまだ寒い
回転する私の脳たち
今の空に明日はあるかしら
40km/hの欲望が　60km/hになった時
涙の中で言葉が生まれて
どんどん飛び散る
飛んで飛んで
種をまく　空にまく　春にまく
愛情　性欲　欲望　貴方
望んで産まれた溢れ出る欲のかたまりが
春で　私で　空で
そう今ココに求める

今　一番近い偶然で
想い寄る　いや　想い込む
私のあるべき場所と存在
目の中で　想いあう心と
口の中で　抱き合う舌が
私のDNAの一部に埋め込まれ
私の体の中に入り込む
穴を掘って
それはやがて地下鉄のように
永く永く　続いて行く
たとえ　今が素敵な日々でも
いつか　壊れてしまっても
永く永く　私は続く

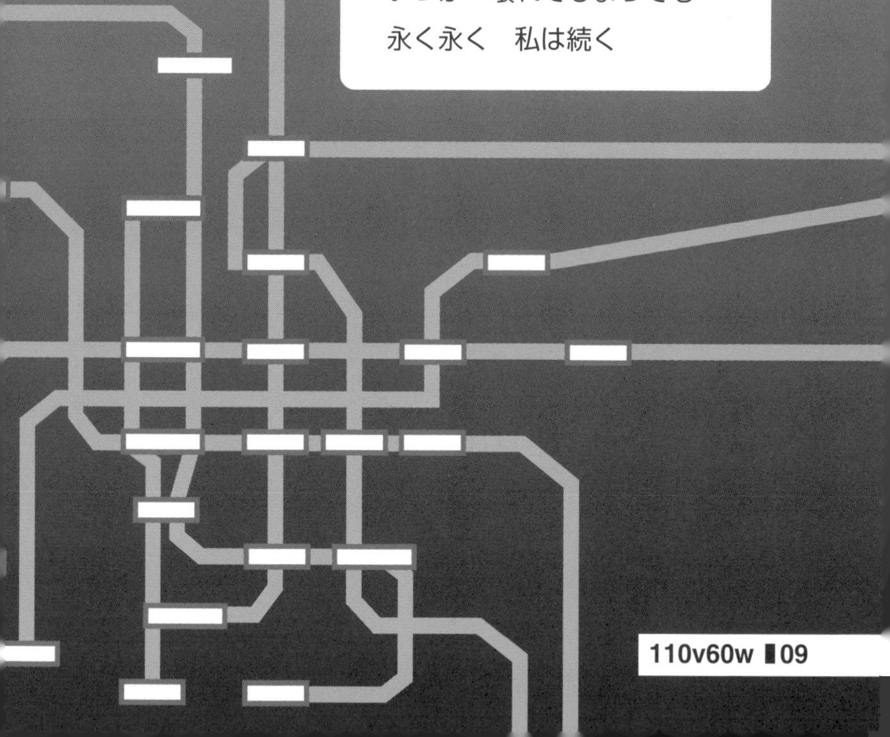

キモチの奥

朝方のこる月に
私かNASAが送った
黒くて小さな雲は　月の横
大きな箱は揺れている
空を見上げて　中途半端に
下を見て　下を見て
横には彼のまつげがあって
女性の髪が揺れている
涙はあんまりでない　空の中
まつげを見て　口を見て
朝方のこる月に
私かNASAが送った
黒くて小さな雲は　空の上

春山一番

うめが咲いて　心が咲いて
春ですなぁ　雲が遠くで浮いて
なんか　私の心も浮き沈み
うめが咲いて　私も咲いて
恋ですかぁ　貴方が遠くて見えなくて
なんか　山が春らしく　私も女の子らしく
なってみたら　貴方が戻ってくるかなと
うめが咲いて　頭に咲いて
春ですなぁ　山に登って心の中を
大きく大きく叫んでみたい
うめが咲いた　心も咲いた
私は貴方の何番目ですか？
春が一番ステキですよ。　なんて

目が空を向く
青い青い　前進した私の曇った日々
目が向かう静かな町
駄々をこねるように動きだす私
食べかけのケーキを上から突くように
汚れて　疲れて　だめになってしまうから
目の前に向かう空
貴方は　遠く遠く　つながって消えてくから
青い青い　私の近くで笑った貴方は
食べかけのまずくて捨てたケーキの感じ
目の中に向かう
甘いクリームも　しつこいクリームも
さよなら　さよなら　もう分離したこの日々
まずくて捨てた　あの味　あの思い出
目の中に向かう
青い空　青い私

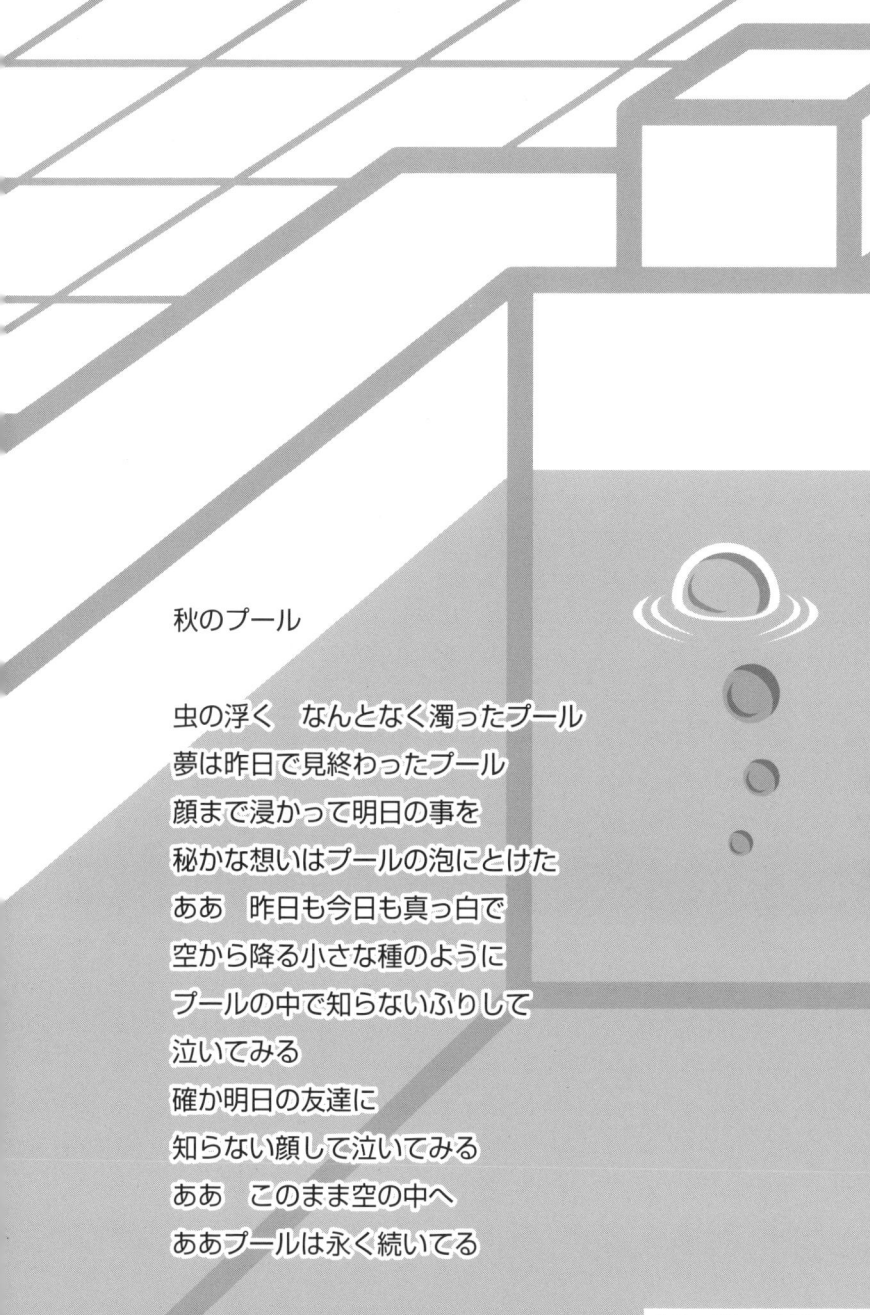

秋のプール

虫の浮く　なんとなく濁ったプール
夢は昨日で見終わったプール
顔まで浸かって明日の事を
秘かな想いはプールの泡にとけた
ああ　昨日も今日も真っ白で
空から降る小さな種のように
プールの中で知らないふりして
泣いてみる
確か明日の友達に
知らない顔して泣いてみる
ああ　このまま空の中へ
ああプールは永く続いてる

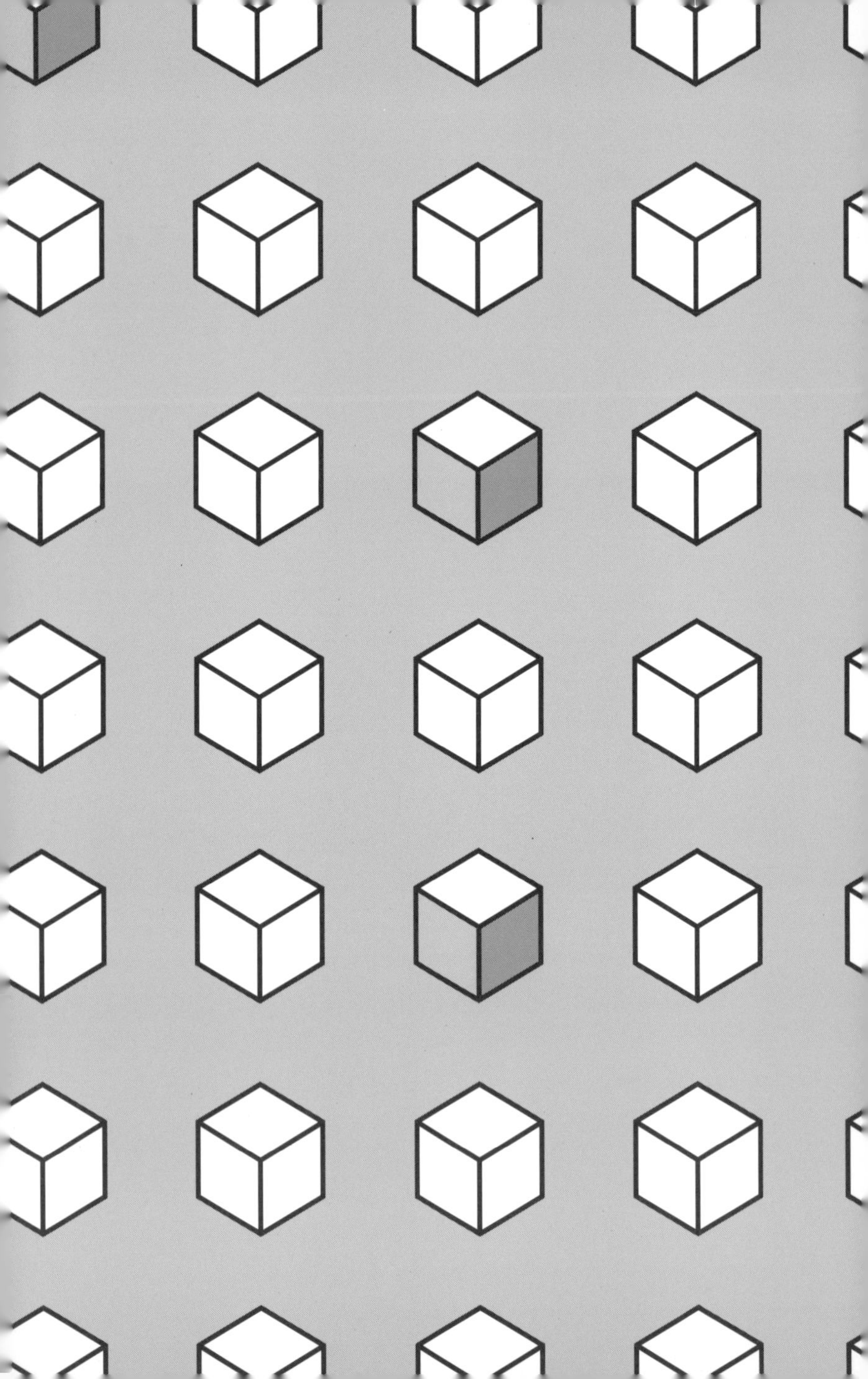

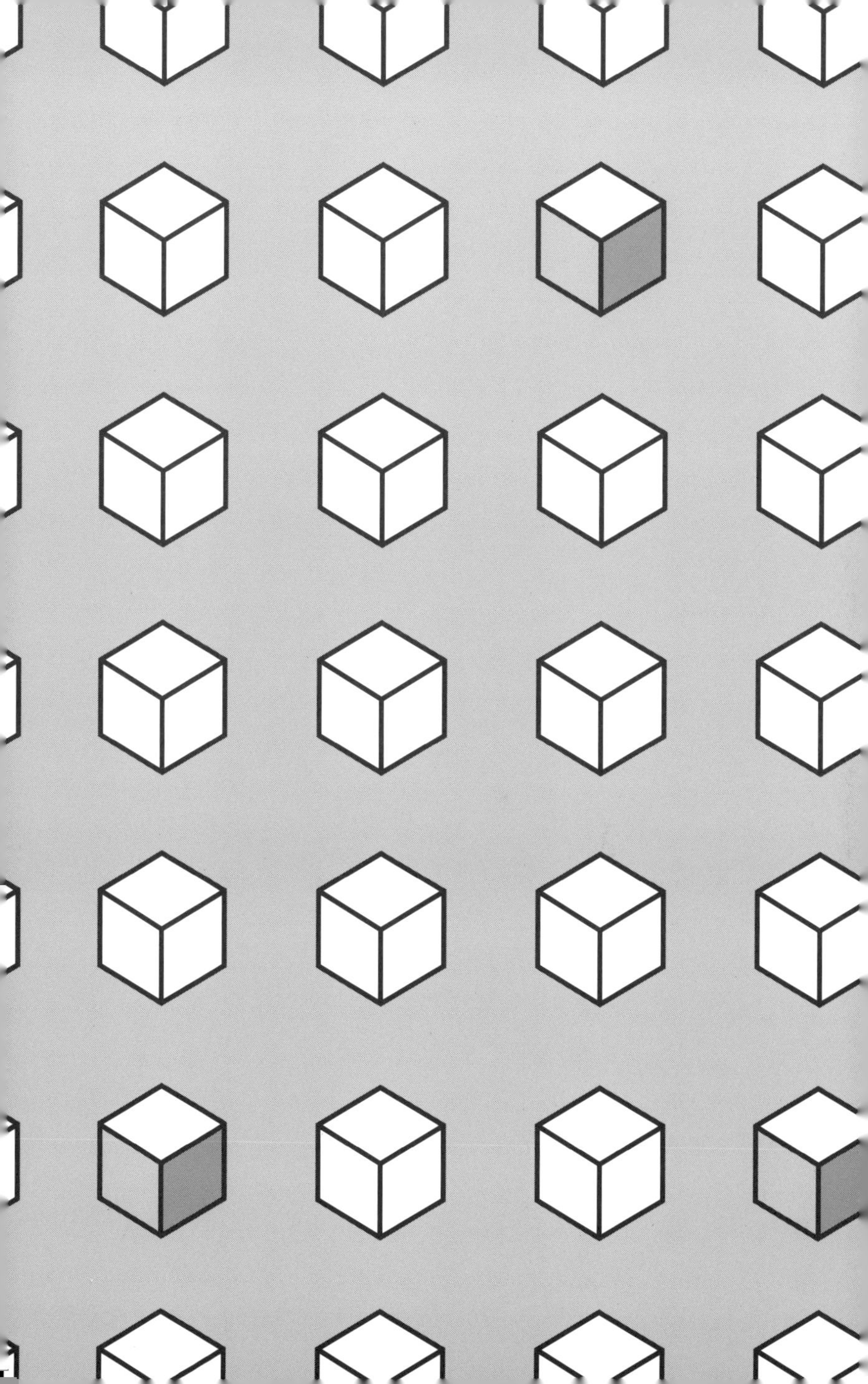

SKAっと空の上へ

落ちてく　落ちてく
私により良い穴へと　隙間へと
車の中で聞こえた
甘く切ないSKAが
耳元より私の鼻先で
冷たく湿って心地よく
目をつむると　思い込みの日々の中
私にとっての青い空
ドロドロとした　赤い赤い血の海のようで
落ちてく　落ちてく
私は深い深い夜の中へと
甘く切ないSKAは
髪の毛の一本までもを虜にして
下へ下へと落ちて　とろけていく
流れ落ちたこの私を
ドロドロとしたこの私を
空の上まで　貴方の下まで

遠いつづき

レンズの屈折
青い光　私の球体
昨日の君はまだいない
今日の君は向こうの光
見えにくい目で
遠くを見つめて　またこのつづき
青い球体　私の言葉
空につづくわけでもなく
電車に乗れば　揺れるだけ
君に会えば　揺れるだけ
大きな汗の一粒が
私の目に落ちるだけ
夜は遠くつづくだけ
君がいてもいなくても
丸い球面　揺れるだけ
私の言葉の屈折は
遠くつづきをにごすだけ

伸びる言葉

クリプトン球の中で伸びる赤い糸
私の辺りで暗く激しく光ってる
そんな事があるのは
一途に私が生きているから
一番二階に近いから
何かを共存してるから
空の近くで赤い糸が
エンジン音で揺れている
それも私が絶えず生きているから
階段の上から口笛で
犬のように呼んでくれるから
私の脳は一途に何か
照らされて　何かに犯されて
毎日を生きて伸びる
赤い糸も何かに伸ばされてる

目

平行に伸びる　私の単調な日々

青く広い水の中に沈む私

たくさんの泡は六角形に光りだし

単調な私の心をとかしてく　言葉と目

でも　とけていく私が恐い

貴方の目も恐い

青白い目が恐い

大きな手は
青い水を白にする
あの手は何を見る
ちがう自分を見ている
大仏様かもしれない
池の中にいる
もう一人の私を見る
溺れた鯉は私を見て笑う
窓に映るは　白いくつ
あの足は　ダレダロウ
いつか　すべて
私のものになるだろうか
青い空は見ただけの絵になる
昨日会った人より
大切になるだろうか

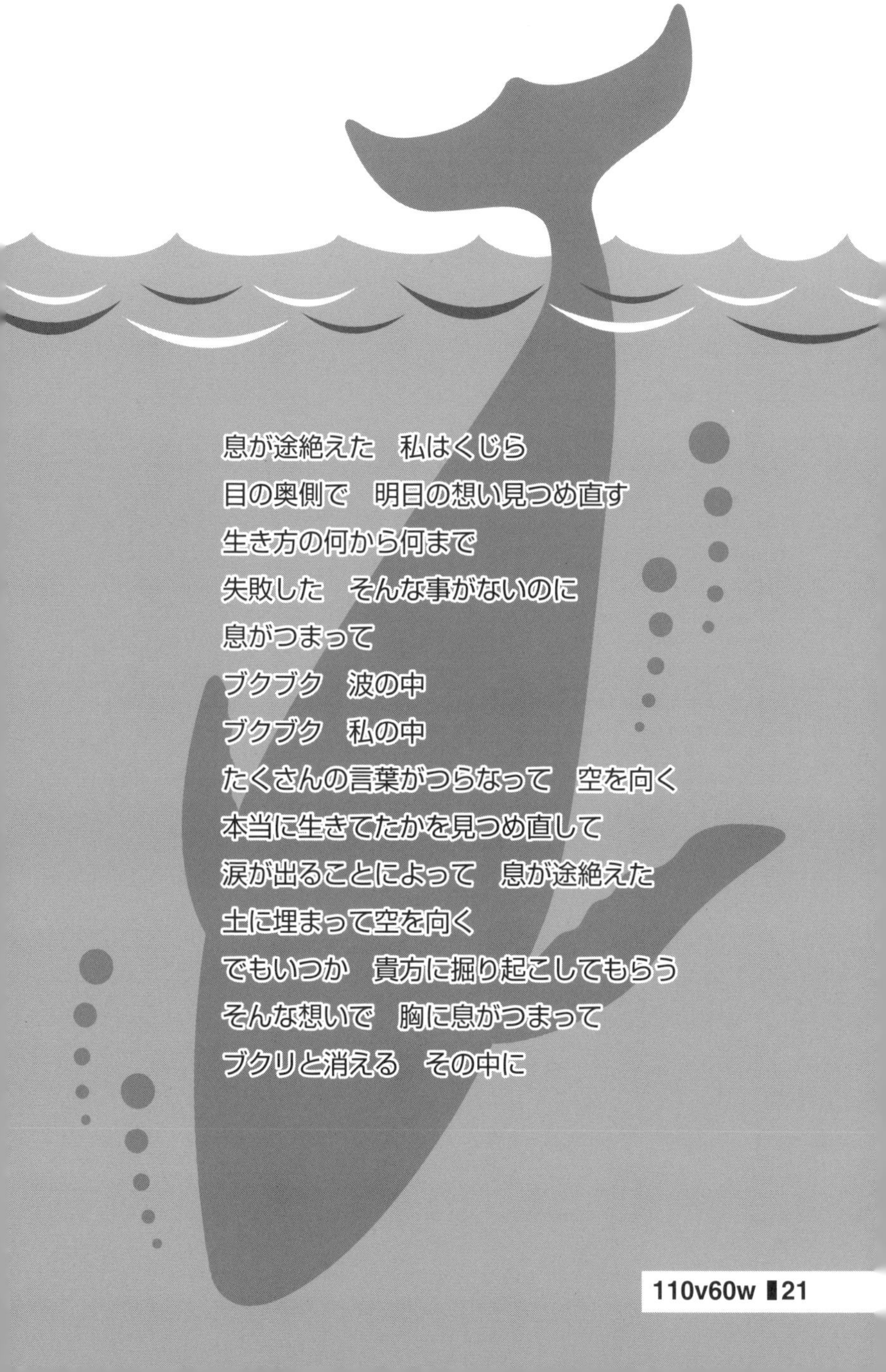

息が途絶えた　私はくじら
目の奥側で　明日の想い見つめ直す
生き方の何から何まで
失敗した　そんな事がないのに
息がつまって
ブクブク　波の中
ブクブク　私の中
たくさんの言葉がつらなって　空を向く
本当に生きてたかを見つめ直して
涙が出ることによって　息が途絶えた
土に埋まって空を向く
でもいつか　貴方に掘り起こしてもらう
そんな想いで　胸に息がつまって
ブクリと消える　その中に

一夜城

ドタバタ走り狂う犬に現実の朝
昨日の涙は　目の中へ吸い込まれて
一夜の内に建てた私の城は
理想と想いが　煙の輪になって
消えて　またつながって　消えて
空気に溶け込んで　いつもと同じ味になる
そう　私のまわりはそんなに変化せずに
風が吹いてる
ただ　今の風はけっこう冷たいだけで
昨日までは　生暖かい風だけが流れて
おたがい手を離しても
立っていられるくらいの風圧
今からは　永い永い川にゆっくり
明日からは　永い永い目で風にあたって
私を作り上げて行けるだろう

一回の音

私の耳にある
うすいかさぶたは
赤い赤い血を出して
新しい私を出して行く
昨日よりもずっと細かい皮膚に
小さな明日の夢　見て
私は生き続ける
小さな明日を思いに流して
生きて行く

24

24時間　言葉がある限り　私の口は
24時間　貴方に言葉ぶつけて
一人で満足して　涙することが多いけど
21世紀に24歳を迎える貴方は
あまりにも遠くて
大きな箱に入って
なかなか出てこない
24時間の私の言葉も
なかなか届かない
今いる場所は
すごくきらきらして眩しい
明日いる場所は
すごく臭くて目をつぶりたくなる
私という場所は
すごく口うるさくて耳がなくなる
24時間　私と私の言葉に挟まれると
さすがの貴方も気が狂いそうかと思う

郵便はがき

恐縮ですが
切手を貼っ
てお出しく
ださい

160-0022

東京都新宿区
新宿1－10－1
(株) 文芸社
ご愛読者カード係行

書　名			
お買上書店名	都道府県　市区郡　書店		
ふりがなお名前		明治 大正 昭和　年生　歳	
ふりがなご住所	□□□-□□□□	性別 男・女	
お電話番号	(書籍ご注文の際に必要です)	ご職業	
お買い求めの動機 1. 書店店頭で見て　2. 小社の目録を見て　3. 人にすすめられて 4. 新聞広告、雑誌記事、書評を見て(新聞、雑誌名　)			
上の質問に1.と答えられた方の直接的な動機 1. タイトル　2. 著者　3. 目次　4. カバーデザイン　5. 帯　6. その他(　)			
ご購読新聞　新聞	ご購読雑誌		

文芸社の本をお買い求めいただき誠にありがとうございます。
この愛読者カードは今後の小社出版の企画およびイベント等の資料として役立たせていただきます。

本書についてのご意見、ご感想をお聞かせください。

① 内容について

② カバー、タイトルについて

今後、とりあげてほしいテーマを掲げてください。

最近読んでおもしろかった本と、その理由をお聞かせください。

ご自分の研究成果やお考えを出版してみたいというお気持ちはありますか。

ある　　ない　　内容・テーマ（　　　　　　　　　　）

「ある」場合、小社から出版のご案内を希望されますか。

する　　しない

ご協力ありがとうございました。

〈ブックサービスのご案内〉

小社では、書籍の直接販売を料金着払いの宅急便サービスにて承っております。ご購入希望がございましたら下の欄に書名と冊数をお書きの上ご返送ください。（送料１回210円）

ご注文書名	冊数	ご注文書名	冊数
	冊		冊
	冊		冊

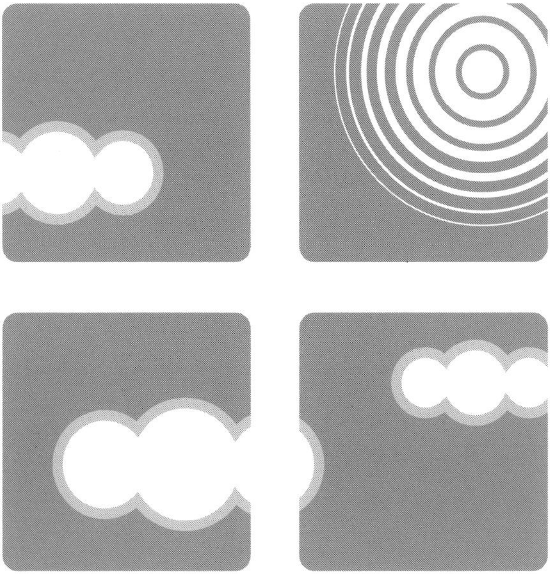

すぐる

空は私より無防備で
うずくまって涙するハムスターを
大きな口でとかしてしまう
平和そうな青い午後
昨日見たゆううつ
私の近くで言葉の産卵
生まれて　そして死んでゆく
言葉も　青く平和なハムスターも

トキトキ

青すぎて一定の空の中
目の近くで私を呼ぶ言葉
排卵近い私の言葉
体がうずいて大変なので
一番近くで打ち上げる
永い永い沈黙を
心の中の沈黙を
打ち上げた言葉は
脳におさまって
するどい刃でこわされる
二分の一の確率で
腹に言葉がはいりこむ
大好きだと言いたいが
近くで受け止めてくれる人が
遠く排卵した言葉をうめこんで
おしりの青い私には少し無理な
重い言葉の夏の花火

春が来た
頭の中で春が来た
タバコの煙の向こう

春が来た
でも空はまだ低い
私の顔の向こう

春が来た
すばやく走るハムスター
うすい新聞紙の向こう

太陽より下に

泡になる　大きな煙突の中
空の上には黒い雲　白い雪
歩くスピードはゆっくりで
涙は　もう流れないから
空の上には　心の中　本当の気持ち
一歩目からは　もう忘れて
太陽の近くで　より近くで
私の心を見てほしい　見せてほしい
大きくなる日を待っている

脳を伝わる　私の永く細い線
想いでの中にある　濃くて太い電線
一本のも二本のも　私の上を伸びていく
一つの空を　何度も渡って行く記憶が
私を中心に無数に広がって
昔の光が　山を越え　頭を横切り　涙すら出る光
そう　髪の毛の一本一本までもが　何かを求めてる
脳の中はいつも不純で
永く伸びる電線
私に一番近い電圧塔は　今日も放電してるのだろうか
夜見る　朝見る　どちらも捨てがたい
光を送る　私に伝わる　記憶にのまれる
電圧塔の言葉は　まだまだ広がり
私の心に　深く強く光り　放電しつづける

ショーウインドウのほこり
ずっと遠くの記憶のふち
見えかくれする私の残党
雨上がりか雨降り前か
臭いのか薄いのか変な空気
毎日のくり返し　目をつむる
昨日のこともまた同じ　目をあける
上から下へと切れない水滴
私の目は上から下へとおりてくる
足の下からわき上がる
小さなつばめたち　空を飛ぶ
目の中のもう一人の私
遠く記憶を横切る
ショーウインドウのほこり
不規則にまいおりる

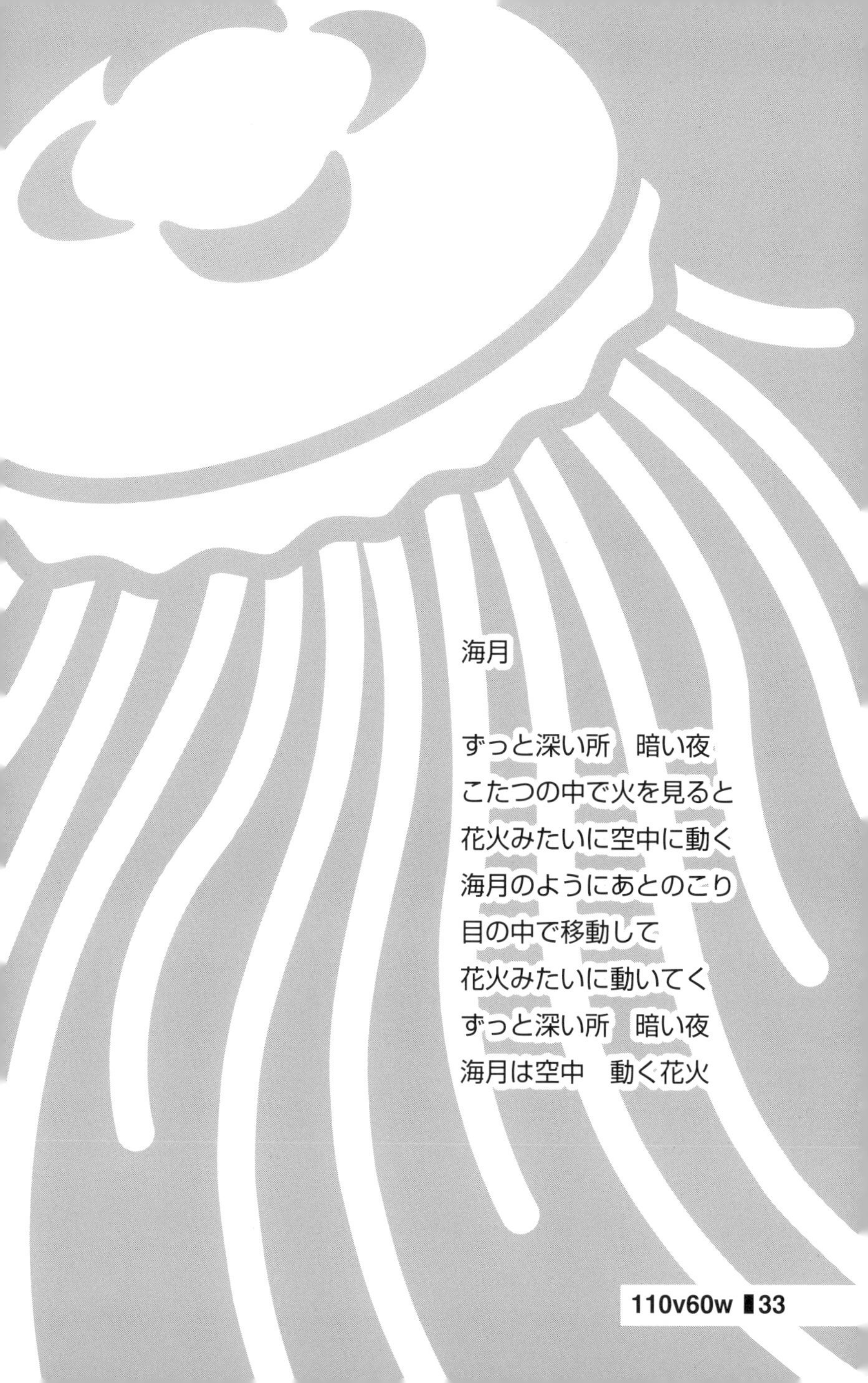

海月

ずっと深い所　暗い夜
こたつの中で火を見ると
花火みたいに空中に動く
海月のようにあとのこり
目の中で移動して
花火みたいに動いてく
ずっと深い所　暗い夜
海月は空中　動く花火

ユビワ

私の中指のユビワは
心の中をぐさっと刺して
なかなか抜けない
でも心の中はポッカリ穴があって
それを大きく拡大したら
何万個もの穴があって
その穴が今の現実を
色鮮やかに写してる
もっともっと拡大すると
穴がスカスカで
心の奥まで読み取れなくて
本当は大変な事を
私自身　貴方自身
分かっているのだけど
現実から逃げている
手のひらを見て拡大する
穴の数を読み込む　私が情けない
私の中指のユビワは
拡大すると穴が何万個もある

カエル

ある意味　デビューなのだ
大きくなるために
一つのステップを踏んで
青くもない空を見て
ああ　遠くに幸せがあるのか
あるわけない
黄色いカエルに聞いてごらん
きっと何も言わない
昔のことは　もう忘れた
空は青いのだろう
あの時の言葉に裏はなかった
そのままの自分には　会えるのか？
もうこのままな人生でいい？
素直に生きてるつもりだけど
無理はしてる？
あんまりしてない
でも大きくなるため
青いから　空を見るのも
昔は　こんな気分が百倍も
何も知らない身分だった
ある意味　大きくなる

粒

舞い上がるほこりのように
舞い降りる私の感情
飛び上がり　盛り上がり
私の心の何かが揺れる
青い青い空はただ伸びる
これからの秒針
いままでの秒針
永い音と低い声
「サヨナラ」
白い空　ただ伸びてる
私の近くの　うるさい秒針達
やめて　やめて　さわぐのは
思いは止まり　空はほこり
小さな粒の言葉かき捨て
君の悪口　君ののろけ　揺れた毎日
サヨナラ　サヨナラ　私は私
私は昨日のうるさい秒針

空はいくつあっても
私の心は満たされず
すごい人になるのを夢みて
なんだか松ぼっくりのスカスカした体に似てる
ああ　やっぱり私の頭には変な者がいる
なにか煮えきらない若者の声とか
小さな時の小さな欲望が混じっている
ああ　やっぱり私の心の中で遠くにひつじもいる
ああ　やっぱり私の中で静かに動いてる
空はいくつになっても見えるから
心の奥のひつじは私の欲望を求めて歩いている

七夕

私の奥で星が舞う
新しい場所でちがう人の山
でももっと大事な言葉を見つけ
涙する私は　すごくダラしない
涙する私は　すごくカッコいい
でも　すごく情けなく恥ずかしい
こんな私を好きと言ってくれる人も
逃げていっちゃうのだろうなぁ
永く続くこの恋も　落ちてしまうのだろう
涙は私の何から出ていく
涙は私の心の何が出してる
でも　私の言葉は複雑で
けっきょく分かりあえなくて
でも　言葉は何がなんだか？
今日は七夕
私は無数の星の一つかも
誰でもない　私は私
本能おもむくまま　ずっと生きてく
今日は七夕　今日の日　涙

花の人

目をつむり　涙する
私の手には　白い花
言葉なく見上げた空
雲がなく　恐ろしいほど青くて
目を閉じた
白い花が　灰になる時
涙と鼻水が湯気のように
私の体から消えて行った
サヨナラの声は　耳に届かない
私は目をつむり　涙した
白い花　私の手には

会いたい

へその緒が永く伸びきった
空に近い五月の朝　私は一人
ただ無防備な日本の空
いつ戦争が起こっても　おかしくない日々
どこに隠れて君を待とう
駅の線路の下　マンホールの中
会いたいと思う気持ちは
会いたいという言葉は
遠く私の脳ミソへ伝わって
小さい心の花に　悲しい水をやる
遠く私の想いと　遠く心のオアシスに
待つばかりの私の足は　なんでこんな
不安定な私を支えてくれるのだろう
不安定な日本　不信な日本
今度会えるのはいつだろう
会いたいと思う　考える
毎日　私の脳ミソへと悲しい水
小さな心の花は　いつか咲く

今生きている事は
永い旅に出ているのと
いっしょなんだ
でも 永すぎて自分が見えないから
すごく怖い
涙が出たり
心がきしんだり
でも 今生きてるから
仕方ない
また この足は歩いて
私をより良い場所へ連れていく
今があるから

淀川

淀川は深くて薄暗い
私たちは浅くて広い心の中
小春日和だと思っていた夕方
淀川の土手は寒かった　とても
手をにぎり　おたがい　風が冷たいと
手をにぎり　おたがい　冬の空が残ってると
その瞬間を
デジタルカメラが心を写したことを
言葉の本当を
私の心が乗っ取ったのを涙したのを
淀川の深い青が見ていること
おたがい　手の温もりで感じた夕方
口づけをして　おたがい　風が早いと
口づけをして　おたがい　心に今が見えてると
その想いを肌で感じた
足元で　上から下へと
寒さと缶コーヒーの味の中
淀川の深い水の流れは速く
飲み込まれそうな
淀川の土手の草は流れて
私たちの夕方を早めて縮めた
手をつなぎ　おたがい違う所へ

キズ

このキズは本物
永い永い言葉が脳の奥
このキズは本物
青い青い目は私の心の中で
ズキズキと夢の中まで
ただひたすらに　目の奥に
このキズは本物
たった少しの言葉の中に
何かの大切を知った
夢でも嘘でもなく
本物の私の何かを

青いゆううつ

上下する音のない花火
心の不安　言葉のつまり
青い空が遠くに飛んで
私の心が下に行くのが
せつないくらいに見えるから
目を閉じて　目を閉じて
青いゆううつ
消えて光る花火は
何かに似てる　言葉に似てる
やさしいのか　嘘くさいのか
雨降り前のインキ臭い空気
私の前にあるものが
嘘なのか　本当なのか
青いゆううつ

青春の日々

これで私は生きてきた
これって何　青い春
でも　それが　苦痛らしい
言葉に想いに　青い春
貴方の知ってる場所と時間
私しか知らない場所や時間
でも　これで生きてきた
けど　これからまだ生きていくのよ
春の日々　青い日々

言葉にできない

苦しいほどの欲望を私はたくさん持ってる
手の中にたくさんの涙　でもそれを飲んで
今を生きる　言葉にならない日々を過ごす
子供じゃないと思いたい　思われたい
ちょっとした欲望
この手には嘘の自分と本当の自分
交わって言葉をなくす
心から生きていける？
青い空　遠くから聞こえる声　無理のある声
涙は体にしみわたり
私も涙を飲みほして
昨日今日明日　さて青い空はいつまで続く
昨日今日明日　さて私の欲望はどこまで続く
私の言葉ひとつひとつを
ちょっと放っておいてほしい
私の中まで入り込まないでほしい
色が変わるから　お願い
私は私　私は私なの
苦しいほどの青空に　私の欲望はどこまでも

星

私の夜　暗くて寒くて　でも空は光ってる
自動販売機の光は明るくて　なんだか寂しい
冷たくなった手をにぎり　私の声の虫たちが
あの光に集まって　愛を求めあって　分散して行く
私の夜　一人の声　二人の声
せつなく響いて消えて行く
貴方の光は明るくて　でも
難しくて　鈍く光る
頭上の言葉　追い求め　私の声の虫たちが
あの光に集まって　今を求め　死んで行く
灰になって　私になって
落ちて行く　流れて行く
貴方の手の中でつぶされて　言葉がはじけ飛んだ
私の夜　貴方の周りで生きてく　虫の声になる

髪がのびて

髪がのびて　切って　またのびて
人がいて　別れて　またいて
私がいて　人がいて　貴方がいて
笑って泣いて　怒って拗ねて　苦しくて
髪がのびて　切って　またのびて
私が育って　何かを産んで　死んで
毎日があって　朝で　昼で　夜で
私の言葉が　毎日何かを産んでいく
大事な言葉や　悪い言葉
貴方がいて　手をつないで　私がいて
髪はのびて　二人は伸びて　どこへ行く

今

こんにちはぁ
新しい生活はどうよ
楽しい時間　大事な言葉
何でも思える心の中
毎日毎日　青い空　青い春
新しい言葉もひとつひとつ
大事に走って行きたい
今ある言葉の意味を
ぎゅっと握りつぶして
たくさんたくさん　あびるのよ
新しい日々の　青くせつない空の下で
毎日毎日　青い空　私の心

Madoka Yoshimura
(Designer)

Welcome come Newlife.
Arisa Yoshimura (Poetess)

Papa KAZUMA Hanaz

Cheekun momo GO!GO

Sugawara-Denki Hiba

Nakamura-Tokeiten Bungeisha

Hicchu Kouhei Nobu Mar

Chie-mama NAKAO-ANI

Leo Kyo-sama N

Tojou-san

Madoka

Tec's

Chocolat

MISHU Yokoyama-Highscho

Hamsters

★ Special Thanks!

Illustration : Arisa Yoshimura

著者プロフィール

Arisa Yoshimura

1979年9月15日生まれ。
詩人中原中也の詩集に出会い、中学一年生から詩を書き始める。
1995年阪神淡路大震災により大阪へ。
横山高校家政科を卒業後、職業を転々としながらいろいろ経験をするとともに詩の世界を模索中。将来の夢は詩を書きながらカフェを経営する事。

110v60w

2002年7月15日　初版第1刷発行

著　者　Arisa Yoshimura
発行者　瓜谷 綱延
発行所　株式会社 文芸社
〒160-0022 東京都新宿区新宿1－10－1
電話03-5369-3060（編集）
03-5369-2299（販売）
振替00190-8-728265

印刷所　株式会社 フクイン

ISBN4-8355-4046-8 C0092